숲시집

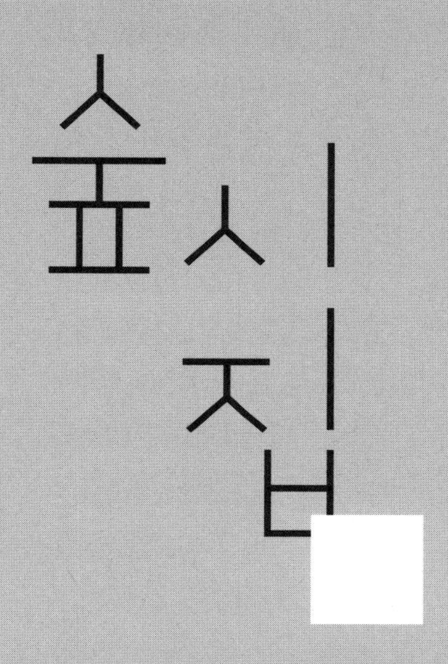

시인수첩 시인선 002

유종인 시집

문학수첩

| 시인의 말 |

숲에 들어서도 숲을 말하지 않는 자가 되고 싶었으나 나는 그걸 놓쳤다.

人間에 들어서도 人間을 말하지 않는 자의 고요를 얻고 싶었으나

나는 그걸 놓쳤다.

2017년 늦봄, 정발산(鼎鉢山) 송빙관(松聘館)에서

유종인

| 차 례 |

1부 창경

2부 통나무의 역사

3부 세상의 나무는

1부

창경

창경(鶬鶊)

봄볕이 좋아
영혼의 내장까지 환히 비춰질 거 같네
거기 전생을 밟고 온
징검돌에 이끼가 파르라니 돋아서
이젠 머리를 괴고
낮잠을 다독이는 석침(石枕)으로 쓰려는데
봄볕이 좋아
꾀꼬리 소리가 맴도네
슬픔까지는 너무 처지고
웃음까지는 너무 날래서
그냥 한 꾸러미 명랑이 날개를 달았다 싶네
그것도 샛노란 판본(板本)을 하고
나온 저 허공의 생색(生色)이려니
겨우내
군동내 나는 허공이 엉덩이로 지긋이 뭉개고
주니가 든 앙가슴으로 얼러 내놓은
샛노란 명랑이려니 싶네
봄볕이 좋아

산 먹이

알바 문제로 아내와 딸의 언성이 높아지자 아내가 뜨던 밥을 개수대에 쓸어 버리고
방으로 들어가니 딸마저 몇 술 먹던 밥을 덩달아 개수대에 버리고 제 방으로 들어갔다
아내와 딸애의 밥이 개수대에서 만나는 뜨악한 일요일 아침이다

한낮이 되고 나는 개수대에 버려진 모녀의 밥을 비닐에 담아 집을 나섰다
터질까 봐 흰 비닐의 밥을 검은 비닐로 한 번 더 싸서 산자락에 갔다
질퍽해진 산길을 벗어나 가방의 비닐을 풀어 놓는다
늦겨울 햇살이 비치는 산그늘에 마파두부 덮밥을 내려놓는다
이 산의 누군지는 몰라도
내 딸과 아내가 다투고 남은 문제로 누군지 모르는 너희가
마파두부 덮밥을 먹게 되니 축하한다

마음이 상해 입맛이 놓아 버린 그 붉은 마파두부 덮밥으로

산중에 뱃구레가 홀쭉해진 너희가 다시
침샘이 돌고 입맛이 돌아오니 축하한다
축하한다 나는 잠시 입맛이 떨어진 식구들 때문에
이 궁색한 산 먹이를 너희에게 돌리니
미안하지만 축하한다

가시엉겅퀴 뿌리를 생각함

발이 차구나,
이 한겨울에
그 한여름에 도서관 뒤편 산자락에서 뽑다 놓친 가시엉겅퀴 뿌리를 생각한다
손에는 몇 개의 가시
살짝 박혔다 계곡물에 씻겨 내려갔지만
여름내 가시 몽둥이 같은 보랏빛 꽃대를 밀어 올린 엉겅퀴 뿌리는
이 겨울에 눈밭 땅속 살림을 어떻게 견디는지 생각한다
한해살이 두해살이를 넘어
만년 죽음 곁에 우뚝할 청춘을 여투고 쟁이는지 생각한다

사랑이 오면 그것이 꽃만 말고
가시도 내고 시퍼런 가시 잎도 내어
나를 찌르고 할퀴며 달려들어 뒹구는 짐승처럼
아직 달달하고 뜨거운 사랑의 피가 몇 종지나 남았느냐고 되묻는 통에

손등과 팔에 흘리며 흘리다 만 피를 입술로 닦아 마시는 날을

가시엉겅퀴 뿌리는 무척이나 훔치고 싶어 언 땅속에서도 갑갑증이 이는가 생각한다

마음을 궁굴리니 줄기며 가지 그보다 먼저 솟는 가시를 이 봄에도 제일 먼저 낼 것인지 생각한다

괴석(怪石)과 춘란(春蘭)과 나

한데서 눈 맞는 괴석(怪石) 하나를 데려다
눅눅한 건넌방에 들이고
아궁이에 군불을 지폈다

과묵함이 장기인 녀석에게 아랫목을 내주고
나는 어디 입이라도 한 번 트이려나
쓸쓸한 눈총을 줘 보는 것이다

일없이 그러나 저 과묵함 중에
채 걸러지지 않은 어슬한 말 같은 것이
어디 이끼처럼 슬지는 않았나
청주를 한 양재기 데워서는
그 우묵한 데에 흘려주었다

아무래도 입이 떨어지지 않는가 보다
아주 먹먹해진 가슴에 사는가 보다
아직 꽃을 못 본 춘란을 곁에 두니
낮볕에 춘란 잎이 괴석의 어웅한데 어른거려

그대의 심정도 가끔 어려 온다

나는 자주 몸을 바꾸고 맘을 뒤적거린다
괴석은 한 가지만 품고 사는가 보다
그게 사랑이라면! 하고 놀라
빈방을 뒹굴다, 문을 박찬다

이끼 소견(所見)

가문 골짝 버력에도 손이 간다
그늘을 반쯤 이고
무연고 무덤들, 뫼등 헐린 데도 손이 간다

산 나무에도 반쯤 올라타고,
죽은 나무 우듬지에 올라 바람에 쓸린 새소릴 듣는다

목이 마른 축들은
마른 계곡에 있다 소낙비가 몰려서
초록에 하얀 물보라를 뒤집어쓰며 웃는 낮이다

부도탑 정수리를 매만지는 놈,
절간 해우소 지붕에 올라 자리를 편 놈,
솔수펑이에 어슬한 그늘 밭을 차린 놈,
올무에 걸려 발버둥 치다 간 멧돼지 정강이뼈에 슬며시
초록 붕대를 감는 놈,
솔가리에 묻혀 은둔을 자처하는 놈,
바위 등짝에 올라타 천리마의 안장을 놓는 놈,

이런저런 은밀함들이
정치(政治)를 깔고 앉았으니
한 번 매만지거나 쓸어 보고 싶어지는 것

죽은 것도 산 것도 너나들이
슬쩍 타 넘는 맛,
햇빛과 그늘의 어스름 난장에 들어
초록의 고요가 기꺼우니
초록의 고요가 머춤하니 달게 번지니

풍문들

1.
육교 위에 가로등이 깜빡 들어올 때
거기 가로등이 새삼 놀라워,
오늘 저녁은
나도 외계인(外界人),

거기 쌓인 묵은 모래 자루
모래 자루를 슬그머니 나온 모래알들이
내 눈길 아래 한 줌
소풍일 때

풍문도 모르고
어디로 쓸려 가는 등짝들

2.
꽃은 해당화
실성도 조금 하였다
눈이 머는 사랑을 못 봐도

눈에 박힌 사랑을 못 불러내도

바람 없이도
바다로 기우는 춤을 덜어
해당화 가시에 긁힌 손등으로
그대 뺨을 어루만질 때

3.
나이는 어느 때 먹을까
백합(白蛤)이 우는 소리를 듣는 밀물 때
혹은 썰물일 때
마지막 저녁 해를 바라고 비단조개가
갯물을 뿜으며 우는 소리를
그대 귀로 대신 들을 때

내 엄지발톱에도
나이 금이 밀물져 들 때는
백합이 가을 물에 소름 돋듯

둥싯 떠올랐다 모래펄에 숨을 때

4.
저무는 들녘, 푸른 풀밭을
온종일 몸속으로 옮기던 수소가
뒤미처 노을 바라고
입이 찢어져라 운다
되새김질한 풀들의 풋내 삼키며 운다
저무는 영각이여

그대에게
나를 등 떠미는 어둠이 오거라
그대에게
나를 여는 등불 밑이 오거라

5.
산자락에 솔가리가 날리다
더러 거미줄에 얹힐 때

소스라쳐 다가섰던 무당거미는
제 시장기에 놀라 멈칫거릴 때

지금은 그대를 바라는 일도 다가서는 일도
다만 적막에 들킨 일일 때
멈칫거리며 자꾸 바위에 기댈 때
바위가
나를 마을로 등 떠밀듯
가만히 식어 가는 저녁일 때

시와 시래기

초겨울 바람벽에 십자가의 예수보다 자주 시래기가 걸린다 아랫도리를 칼에 베여 내주고 시퍼런 윗몸만 담벼락에 거니 반그늘에 내걸린 그 쓸쓸한 유명세가 좋다

욕망이 마르는 게 좋다 몸이 말라 다른 생각이 끼쳐 드는 그 넉넉한 품이 좋다 호주머니가 비는 게 좋다 호주머니에 든 내 손의 가난한 궁리가 좋다

설핏한 저녁 햇살에 낡은 벽에 드리운 허깨비 같은 그림자의 흔들림이 좋다
무얼 썼다고 시인입네 하는 나보다 한마디 말도 없이 폭 삶아지는 네 적멸이 좋다

시는 무어라 잘 안 돼도 시래기는 겨울로 마른다 싸락눈 치는 새벽에 혼자 깨어서 벽에다 몸을 비비며 뭐라 적바림하듯 끄적일 때 아침이 물으면, 바스라지는 입마저 꾹 다물고 마르는 네가 좋다

불탄 집

사람은 빠져나왔어도
아직 거기
치솟는 불길에 놀란 혼(魂) 같은
제 소름에 겨워 헐떡이는 숨결,
광야로 달음박질치는 가슴을
시커먼 기둥 뒤에 등짝을 기대고 가누고 있나

한 집안의 내력을
활활 불태워 자서전을 써내고서야
사라지는 불안증들이 저 안에 있겠다
불꽃이 이리저리 옮겨붙는 내력들
무너지는 기억의 서까래와 헛 말처럼 내려앉는 천장,
화려한 치장의 사연을 그을려 버린 벽체여

들고나는 발걸음을 일시에 뚝 끊고
터져 버린 유리창 너머로
새벽이슬이 기웃거린 뒤 우주의
낭인(浪人) 하나가 꽃베개를 들고 들어가

한숨 잘 주무시고 가는 뒤꽁무니는 다디달다
자물쇠를 물리친 시커먼 동굴 한 마리한테
수양벚나무 하나가
겨울인데도 화사한 슬픔으로 꽃가지 넣는다

뭘 모르는 바람은
거기 새삼 불 냄새를 맡겠다고 들어가
코밑이 새카매져 나온다
그을음으로
콧수염을 그리고 나온 바람은
지나가는 사람을 붙들고 농담하는 버릇이 생겼다
바람 잡는다는 말이 그 농담의 시초처럼 분다

숲과 신명

나무들이 죽어서도 서 있는 것은
죽는 순간부터 불망비(不忘碑)로 살아야 한다는 생각,
꽃이 쉬느라 꽃은
겨울의 전설 속에서 뿌리 없이 피어났다는 생각
끝에 어디선가 고드름이 땅에 이마받이하는 소리가
와장창 꽃을 부르는 소리라는 생각도
석어야 뿌리에 스밀 수 있으리라
그러니 내 생각은 당신의 전조(前兆)로 무성해지고
죽어서도 생각이 조금 남은 사람들의 생각을
나는 혼잣말로 우물거려 보았다 묘비가 없는
저것이 무덤이기는 한 걸까 의심스러운 한 무덤을 스칠
때
삶은 단 한 번 저렇게 봉긋 맺혔다 가라앉는구나
땅속으로 잠수를 탄 그대여
그대가 가지고 놀던 어떤 신명이
무덤 밖 숲에 몇 개의 꽃으로 흩어 피었나
까치는 수다스럽게 까마귀는 음험하게 농담을 편다

신명을 꽃의 얼굴로 여느라 흰 뿌리가 깊어지는 식물들,

아 저 으르렁거리는 호랑이와 사자는

생목숨을 집어삼키는 발톱과 이빨로 신명이 사나우니,

적막에 어깨를 기댄 나무에 등을 기대며

나는 사소한 것들의 이름으로 숲을 짓는다

말해 보라, 사랑의 작명가여

수많은 가시나무에 휩싸여 찔리고도 비명조차 없는 허공이여

내 몸 밖을 나온 핏방울 하나가 빗방울 하나를 만날 때

구름은 하늘에서 어떤 미소를 짓는가를

내게 말해다오, 영원이 참 단단하고 과묵한 바위여

은모래 반짝이는 모래톱에 외발로 선 해오라기여

저녁과 밤을 가르는 어떤 서슬에도 사랑의 피는 맺혀 있는가를

하산

시월은
하산(下山)하기 좋은 날

초록은
옥생각을 덜어
그 배낭에 오색(五色)을 꾸려
내려오고

우듬지보다 높은 데
맴돌던 잠자리는
쓰러진 비석의 음각 같은데
졸음 같은
곡비(哭婢) 같은
엎드림

쇠(衰)는 풀보다
이슬 봇짐을 진 풀잎보다
낮은 엎드림

높은 데 있는
사랑이 제 이름을 버리고
무명(無名)으로
내 집 근처를 서성일 거라는
착각의 어여쁨들

아무래도 오늘은
행상(行商)처럼 떠돌다
내 그림자가
나보다 더 낮은 데 엎드린
그대의 등짝을 보듯
그대의 발등을 쓰다듬는
나머지
가만한 엎드림

나의 골동(骨董)

흙이 잔뜩 묻은
오죽(烏竹)의 통소를 주워 책장에 놓아뒀더니
저런 폐병쟁이가 불렀을지도 모를 애물을 어디서 주워 왔느냐
지청구를 듣는 통소여
그 통소 구멍들이 머쓱한 눈구멍처럼 보이네

어쩌면 폐병쟁이만 다녀갔을까
계명워리 논다니 발김쟁이 여리꾼 늙은 기생의 입술은
아니 다녀갔을까 방법을 몰라
그 입술이 닿으면 아득한 전생(前生)의 구름까지
입술이 새파라니 흘러나와서
음정을 놓친 새처럼 종종걸음을 치다
사라졌을까 싶은 허공 몇 평의 어지럼증을
가만히 당겨 보느니

나는 연주를 몰라 어눌한 가락마저 아끼나니
모르면 참 어웅한 것마저 보듬나니

더러 망친 것 중에
가장 크게 망한 것의 폐허마저 그윽하니
퉁소가 듣는 내 생활의 소음이여
가끔은 새벽에 깨워
내 술김의 입술을 받는 어처구니여

쇠뜨기

회춘하듯 들판에 민망하게 불쑥불쑥 솟는 수두룩한 이것,

생식경(生殖莖)인 이 줄기 끝에 귀두처럼 건들거리는 이것,

그래도 수컷이라고 이른 새벽 잠시 솟았다 온종일 시무룩한 고민 중인 이것,

그예 새벽에도 조선족 이녁과 한 살림 차린 호시절이 헛꿈이었나

밤술이 깨기도 전 낮술을 붙이며 넋두리를 늘이다 만져보는 노숙 사내의 이것,

꽃도 열매도 바랄 수 없는, 피우고 맺을 수도 없는 연하디연한 이것,

메이저리거도 마이너리거도 아닌 허우룩한 이것,

꺾어 볼까 한아름 베어다 소나 말에게 먹여 볼까 심상해지는 이것,

그러나 너무 많이 먹이면 소나 말이 배앓이를 한다는 이것,

사랑에 있어서는 어중뜨기 뉫보인 나의 심중에

헛되고 헛된 것만이 불멸이라고 가르치듯 삿대질하듯 솟는 이것,

어느 날 흙이 솟구쳐 낸 붓으로

무엇을 쓸까 붓 머리에 바람만 묻히다 시퍼렇게 하늘이 물드는

죽은 고양이 발톱에도 연애를 새겨 볼까 두리번거리는 토필(土筆)이라는 이것,

산처기(山妻記)

도시가 흘린 매력에 묶인 아내 말고는 또 없을까
산자락 푸른 산그늘이 저만치 보일 때
아까시꽃 하얀 탄식이 바람에 사태져 내려올 때
산에 묻어 둔 처자가 있기나 하다는 듯이
나는 한 생각의 여자를 거기
산에 홀로 뒀다는 탄식으로 가슴을 치는 것이다

도시 아내 몰래 뒷돈 한 번 대 준 적 없는데
무슨 마련으로 산중(山中) 적막을 살림으로 꾸렸느냐
나는 삶의 눈초리로는 미안해
발등이 부은 소나무 뿌리 너겁만 내려다보듯
그렇게 말을 아끼다
더러 입술을 깨물고 또 한 번 가슴을 치는 것이다
말이야 도시의 생생한 유물이니까

산꽃이 다 지기 전에 헛기침을 해 보면
나는 나를 산길로
나귀처럼 몰아 볼 염두를 내보는데

등에 맨 가방이 지게 발채처럼 커져서는
바리바리 뒤늦은 선물이며 구구한 세간들을 얹고
뒤뚱거리며 땀방울도 산길에 떨궈 보는 것이다
그간에 나의 외도를 바라는 처자 속내를
어지간히 물어볼 수는 없겠어도
산의 임자가 다 됐네
산의 등글개첩이 다 됐네 질투가 돌아온
삶의 눈망울로 산가(山家)의 마당을 두리번거리는 것이
다

무얼 먹고 살았나 무얼 버리고 견뎠나
산중의 낮달이
내 지게에 슬그머니 올라앉아 이제 왔나
고독이 온몸을 가져 봤던 처자를 자꾸 가리킨다
지게 내리고 그 전생 같은 혹 내생 같은
저 손톱에 까만 낮달의 때가 안쓰러운 처자
지게에 태워 보는 것이다 그제야 울음인지 웃음인지
산가의 처자가 산의 무게를 내게 지게 하는 것이다

바위를 다독이다

옹벽의 크고 작은 바위들이
정오 지나
햇빛 속에 나와 큰 웃음을 치고 앉았다

금방이라도 어디 뛰쳐나가 한량처럼 큰돈 털어먹고 와서
저녁 내내 큰소리치며 마누라한테 종주먹질할 듯
한 바위는 제 속에 든 고양이의 졸음기마저도 내몰 작정,
또 한 바위는 사슴을 놀래켜 그 뿔에라도 먼저 치받힐 심산이고
그 바위들 사이에 낀 동돌은
제비 서너 마리 뜬 창공이 장차 옮겨 갈 땅이 아닐까
침묵의 앙금 덜어 내고
바람과 새들의 수다 곁에서 말을 보태 보고 싶을 텐데

나는 바위를 다독여 말린다
바위야, 너는 그 무엇이든 다 품었다 해야지

침묵은 그 오랜 보답이지.
고양이를 내모는 건 내 악취미,
사슴의 뿔을 꺾는 건 정치의 오류,
제비를 단장해 내보내는 건 봄 화류계의 제1장(章),
바위야 목청을 뽑지 마라
침묵의 오랜 품위를 지켜다오
가끔씩 흰 새똥을 받아도 모른 척 꽃이 내렸네
남몰래 눈 끔벅거리는 천년 바보의 성자가
네 자리니, 내 다독임을 잘 받아다오

처마와 야담(野談)

먹자골목 몇몇 고깃집들 비가 듣는 숯불을
안채로 들여가는데, 그 숯불들
빗발의 엉덩이 화끈하게 불 볼기를 쳐 내쫓자
투덜투덜 흰 연기를 흘리며
골목으로 사라지는 빗발들

나는 빗방울을 어깨에 숨겨 처마 안쪽에
청제비며 참새 일족(一族)들 먼저 들었어도
내외(內外)하지 않겠다 나도 날개가 젖은 척
괜히 자투리만 남은 날갯죽지 털어 보는데
눈 마주치면 슬쩍 새의 눈빛이 되고
그쪽 새들도 내 눈 마주치면
어지간히 살아 봤던 사람의 눈빛을 마주쳐 오고

거 뭐, 한 처마 밑인데
소나기가
횡단보도가 없는 저 푸른 들판 건너갈 동안
맨손으로 맨 부리로 집어 먹을

곁두리나 야담(野談)이라도 좀 내놔 봐
내 말은 자꾸 자드락비에 섞어 내고

나는 뭔가 때늦은 전갈처럼 서성이고
고리타분을 적시는 것도 한 말씀 같고
허리 숙여 홀로 비설거지하는 당신의 등짝에
헛기침이나 얹어 봐야지 헛기침에 솟구치는 당신의 허리를
나의 팔은 구렁이처럼 에둘러 감아야지

뿌리들의 대화

저만치 농협 앞에 좌판이 펼쳐졌길래
나는 발걸음이 느릿해졌다
토란과 함께 참마가 있고
연근 옆에 생강이 쌓였고
온몸이 꼬리 같은 우엉이 있다
하나같이 흙 속에서
캄캄한 노동을 하고 나와선가
다 흙투성이 모양이 제멋대로인데
그 꽃과 줄기와 잎과 열매는
그대로 백 년 전이나 올해나
내년이라고 별반 다르지 않겠는데
그럼에도 저 덩이뿌리들끼리는
젊은 주인이 담배 피우는 사이에
힐끔힐끔 서로 곁눈질이 시뜻하다
어찌 그리 못생겨 먹었냐 나비눈을 뜨면
저마다 헛기침을 하며 장차
잘생겨 먹으려고 이러고 생겼지!
아무래도 이건 저마다 해 먹는

흙 속 살림이 주먹구구라서 그런가
시월상달에 이미 건너보낸
꽃과 잎과 열매의
한철 공연의 뒷담화가
서늘한 귀띔으로 저만치 건네 오는 거였다

찻물을 한 모금

찻물을 한 모금 마시고
돌을 들여다봤다
곰보가 슬었다

잔병을 고쳐 주겠다고
돌팔이 정(釘)이
온몸을 다 더듬고 간 뒤로
늘 곰배팔이 가을이 뒤따랐다

이렇게 몸을 얽는 마음
그늘이 붙지 않는 햇빛이라면
추한 꼴이
아리따울 때까지
입술이 비뚤어진 고요에
버들잎을 따서 물리고

다시 찻물을 한 모금
잠시 머금은 것도

순간의 천년 아득한 동네에서의 일

곰보가 슬었어도
저 돌은
머금은 그 무엇을
영원의 발등 근처에 두고
그윽한 미소까지 울려 간다

왕자두나무 여행자

오일장을 보고 온 노인의 손에 들린 묘목이
엘리베이터 안에 한 사람 몫으로 탔다
이게 무슨 나무냐 물었더니
비싼 왕자두나무라고 했다
노인은
엘리베이터에서 내려 황급히 경의선 전철로 갈아탄다
노인의 굴풋한 마당으로 가기 위해
저녁이 오기 전 흙구덩이를 열기 위해
자두 잎이 나고 새 가지가 뻗고
전에 없던 자두꽃을 허공의 소속으로 두기 위해
뿌리마저 한 덩이 흙으로 봉지에 싸여
노인의 검버섯 핀 손에 들려 가는 왕자두나무는
지금 막 개찰구로 들어선 최초의 동산(動產),

노인의 마당에 심겨 뿌리 몸살을 앓는 호사와
연두 잎에 노인의 헛기침을 얹고 꽃에 할머니의 눈총을
포개는
어느 해쯤엔 왕자두에 달콤새큼한 침이 고이리라

노부부의 처소에도 늦둥이가 온듯 신혼 같은 마당을 여는
왕자두나무는
어느 봄날의 삽질로 부동산을 처분한 여행자,
노부부보다 오래 그들의 죽음을 영원으로 돌리며
먼 훗날
노인의 주검과 한 지구 땅 별에 땅보탬할
멀리 생각의 뿌리가 번져 가는 여행자,
나비가 오면 나비의 입맛을 여행하고
가을이 오면 가을비의 무릎을 쓰다듬는
이제 막 개찰구를 빠져나가
봄의 플랫폼에 선 왕자두나무 여행자

나물들

방풍을 사니 유채도 사게 되고
달래를 사니 냉이도 눈에 띈다
시금치는 엊그제 샀고
앞으로 몇 나물을 더 사야
봄이 손길을 주려나

나물 무치며 즐거워지는 손,
오밀조밀 내부가 돋아나니
이 나물 저 나물, 못 먹는 게 어딨나
신(神)께서 그러시는 거다
입이 짧으면 마음도 짧아
쓴 사랑은 못 먹느니,
먹을 만한 생각의 나물 하나 골라 봐라
못 먹는 나물이 어딨어
악마도 그 애순은 삶으면 착한 맛,
당신이 그러셨잖아
시가 안 되는 게 어딨어 어디
그 옆구리라도 찔러 봤나

못 먹는 게 어딨어
사랑이 못 무치는 나물이 어딨어
마음이, 시가
못 무치는 나물이 어딨어

죽은 대나무의 말

새로 연 대형 마켓 앞 화단에
매화나무를 붙잡아 준 대나무 지주가 삭고 있다
푸르게 하늘로 복무해 올라가던 시절 대신
매화 뿌리 너겁 겨울 땅속에 잘 붙어사느라 대나무는 누리끼리하다
저 혼자는 소슬했을 대숲 소리가
청매화 꽃그늘엔 대마디가 고요를 문 버들눈썹 같으니,
살아서는 훤칠하게 달빛만 흔들 줄 알았지
죽어서 흔들림마저 매화 그늘에 묶어 두는 형리(刑吏)가 될 줄 알았나
죽어 편안히 논다는 말도
매화 지주목인 대나무에겐 딴 나라 말씀

어머니, 제가 대나무 막대로 집 외벽을 치며 주니를 달랬기에
일찍 재촉한 목숨이 있다는 말 그땐 몰랐죠
매화를 부축한 죽은 대나무가 보기에도
내 심심함은 겨우 대나무 한 마디를 겨우 비워 갔을까

그땐 울음이 지극한 팔자라
목에서 검붉은 모란을 토하는 걸 우환의 집안에서 길렀죠

어머니, 당신은 살아서 내게 몸을 주시더니
죽어서 당신은 제게 신(神)을 주십니다
꿈으로도 주시고 왼손의 음덕으로도 주시니
푸른 뿔이 난 꼬마 감자를 간장에 졸이듯
알싸한 독처럼 혹은 약처럼 받습니다
어느 봄 허공에다 향기를 풀겠다는
매화를 붙잡아 주는 죽은 대나무의 결박도
살아서는 몸을 주고
죽어서는 신을 주신 당신처럼 그런 연리(連理)인가요
사랑이 치받는 울음을 가만한 웃음으로 붙잡아 주는
그런 대나무가
그런 매화의 봄날을 부목(副木)하고 있네요

위인전

누가 뺨을 때리는가
꽃들이 뽐내듯 피어나니
성기에 코를 박듯
달콤한 악(惡)이여
여기는
지구다

평화는 창에 찔린 옆구리로 꽃을 틔우는 자들의 몫, 뒤에서 등을 두드려 주던 자가
칼도 꽂는다는데
꽃들은 누가 땅 위에 불러올리는가

세계여
겁을 집어먹자
난(naan)*을 돌려 먹듯 평화를 돌려 먹는
불탄 시간의 악수들

무시 못할 사람이 되고 싶구나

너로 인해
나는 굽고 베어져 나왔다

* 식사용 빵의 일종

담배풀

정발산 관리 사무소 뒤편에
잎이 너른
시푸른 담배가
솜털 줄기 가득 피어올랐기에
마치 담배 떨어진 사람마냥
거기 그냥 가게 된다

담배 한 잎에는
새똥이 하얗게 엎드려
피었다

그럼 새들은 뭘로 똥구멍을 닦는다?
그야 그야 그야
모른 척 똥구멍을 허공에 맡긴다
누가 뭐라든
하늘에게 뒤를 부탁한다

그러면 신기하게도

안 될 것 같은 일도
모두 하늘이 도맡아 간다

내내 그런 사랑이 있다는 듯이

정자에서 담배 피우기

용고뚜리는 아니라도 건달처럼
뒷주머니에 손을 넣었다가 큰 기침 한 번 서둘러 뱉고
뒷짐을 한 번 지어 보는 것이다
귓등에 말보로나 카멜 담배 한 개비를 꽂으면
나는 바야흐로 한량 족(族), 무엇이나
다 통달하진 못했어도 건성건성 사랑해 버린
그래서 악귀가 들리진 않은 선량이 남은 사람,
바람 불고 날도 흐려 오고
내 가는 곳은
연꽃 연못에 두 발을 터억 담근
현대식 정자(亭子)에 오르는 것,
마치 태산에 오르듯 어제의 숙취를 그림자로 기일게 끌며
다락에 올라서는
마악 난세의 갑론을박을 깊은 한숨으로 물린 논객처럼
짐짓 긴 수염이라도 쓸어내리고 싶은 듯
그러나 내겐 노숙의 수염발도 없으니
사방으로 열린 기둥 사이로

화사한 궁색(窮塞)이 몰려와도 모른 척 헛기침도 뱉다가
어느 옛날에 버린 음유(吟遊)의 시도 기웃거려 보는 것이다

그러나 뭔가 애를 태우는 맛,
뭔가 궁금하던 찰나에
귓등에 바위가 앉은 듯 담배의 기척을 한 손으로 받아내면
다음부턴 일사천리로 바람 속에 두 손을 모으고
담뱃불을 모시는 거였다 사랑을 태우든 이별을 사르든
영혼엔 불을 모셔야 하는 거였다

아 한 모금 연기를 모았다 놓아주면
번뇌란 아픈 게 아니라 태워 없애는 맛,
끝내 놓아주고 놓아주어야 맑아지는 연기가 흩어진 하늘,
바람은 꽃을 꺾듯

담뱃재를 물어다가 연못 비단잉어에게 주고
나는 왕조를 놓친 임금처럼 둥싯거리며
괜히 꽃 붉은 단청의 서까래를 우러르면
욕망은 저만치 복사꽃으로 몰려왔다 개복숭아로 단단하게 입이 다물려 있네
다시 한 번 화사한 번뇌를 놓아주면
구름에 가린 낮 별들
찡그렸으나 왠지 밉지 않아 웃음이 트여 오는 눈짓들
새삼 재장구치듯 나도 눈길을 건네면
아, 내게도 우주를 생각할 겨를이 바람 부는구나
너무 먼 데서 너무 오래 나를 지킨 우주 저편의 당신을
한 모금 연기로 감싸 보내는 수작을
눈물 그렁그렁 말없이 지키고 있으신가
아, 어느 편이나 두둔하려니 인간은 전쟁을 쉬고
여기 정자에 올라
모처럼 달게 달게 한 대 피우게나
허무의 연기 좀 피우고 나면
세상 내려가 싸우고 싶은 맘 스러지고 사랑에 다리가

풀려서

나랑 연못에 비단잉어들 꼬리지느러미 휘는 맛 좀 보고
진흙 속을 헤쳐 올라와 허공에다
에로틱하게 귓속말을 속삭이는 수련들 화사한 혀를
어쩌면 저녁에 회 쳐 먹을 수 있을까
수련 농담이나 풀겠네
그다음엔 필터만 남은 담배꽁초로 한쪽 귀를 막고
반벙어리 즐거운 사내가 돼 시내로 가네
전등 빛이 다디단 선술집 탁배기에
손가락으로 휘휘 달빛을 젓고
트인 한쪽 귀로는 그대의 눈빛만 달게 받아 마시겠네

숲을 쥘부채처럼 지니고

그 숲을 쥘부채처럼 허리춤에 차고 보자니

가끔 잘못 들른 도시, 그 번화가 돌부리에 걸려 넘어져

곡(哭)하듯이 삶에 납작 엎드린 노숙자를 만나면

처마 지붕이 너른 떡갈나무 숲을 떠메 오고 싶네

그대 홀쭉해진 뱃구레, 굴풋해진 영혼, 우멍한 눈과 비칠거리는 걸음걸이, 가난한 운명의 옆구리를

내 옆에 앉히고 내 다시 잎들의 방향을 바꾸어

숲의 쥘부채를 달의 오른손에서 태양의 왼손으로 바꿔 부치면

개암나무가 혼절하네 산밤나무가 알밤의 소나기로 그대 정수리를 때리네

그대 힘없이 내민 손에 산딸기 붉은 입술이 닿아 있네

목마른가 편백 숲에 홀로 중얼거리는 도래샘은 눈시울인가

여름날의 자살이 가파른가 아직 고소한 적막이 가을에 남았네

잣방울 떨어지는 소리 청설모처럼 총총걸음으로 따라가 잣방울을 열어 보게

납빛 우울의 겨울은 오히려 숲의 입맛이 다녀가는 철,

곤궁을 조리해 먹는 식도락(食道樂)의 메뉴가 고드름으로 걸려 있네

차(茶)로 매달아 둔 칡꽃들, 말린 도토리는 빻아서 묵을

쑤었네

불안이 가슴을 채질할 때 심심하게 밤참으로 들어 보게

무명 자루에 넣어 둔 밤들은 어느새 싹을 틔워

모래밭에 심어도 좋네 숲에 눈매가 고운 눈보라가 치네

숲 부채에 이는 바람이 남쪽으로 곧 바뀔 모양이네

영원이 거창해도 이 찰나의 숲에 들어 저마다 얼굴을 묻고 울다 가는 것,

헐벗음이 곧 부자를 만들어 주네 숲에 와 있는 신성한 도망의 끝,

다람쥐가 감춰 둔 열매에서 초록의 귀가 봄을 엿듣고 있네

2부

통나무의 역사

숲의 기적

다람쥐나 청설모가
입안 가득한 상수리 열매를 어쩌지 못해
도린곁 어웅한 데다
그걸 파묻어 버리곤 더러 잊는다고 한다
나 같으면 나무 십자가라도 세워 놓았을 그곳을
까맣게 잊어버린 탓에
먼 훗날 푸른 어깨를 겯고 숲이 나온다 한다

기억보다 먼저
망각이 품고 나온 숲,
그 망각 때문에 울울창창해진 숲
용서보다 웅숭깊은 망각,
어딘가 잊어 둔 파란 눈의 감정도
여러 대륙에 걸쳐 사는 당신도
어쩌면 망각을 옹립한 탓에

통나무의 역사
–변신

웬만한 어른 키만 한 통나무를 길게 파내서
촉촉한 흙을 부리고 꽃모종을 안치니
수더분한 화분이 되었다
그렇게 말없이 제 속을 덜어 낸 것으로
나무는
구유가 되고
장의자가 되고
여물통이 되고

할 말은 다 못 했어도
이렇게 가슴이 비어 가는 건
내 입보다 귀를 안쓰러이
파 놓은 하느님의 슬픈 수작이려니

지금도
지구엔 저렇게 제 속을 파서 덜어 내고
손님이던 사랑을 맞아들이는
쓸쓸하고 다정한 마을이 있겠다

그러니 너른 광야에 갑자기 바위가 솟고
동굴이 깊어지는 건
모두 그런 유구한 몸부림이려니 한다
내내 손님이 주인 노릇을 하면
역사가 이뤄지는 바이다

곤줄박이가 있는 숲

명자나무에 앉은 곤줄박이
스읍스읍 쉬잇쉬잇 스읍 스읍 쉬잇 쉬잇
꼬리 깃털을 까부르는 곤줄박이 소리의
실비 오는 가을 끝물
나지막한 쇳소리가 적시는 내 복숭아뼈,
나는 곤줄박이 쇳소리를 한 축 빌려다가
반짝이는 은빛 펜촉 하나 뽑아야지
백 년 만에 다시 열리는 잉크병
뚜껑 따지는 소리도 곁에 둬야지

그 펜촉으로 가을 연못에 모인 낙엽들
하나하나 불러 보는 출석부나 써 봐야지
명자나무 붉은 꽃들은
저만치 모래와 살을 섞느라
이미 무릎이 다 녹아내렸는데
나는 곤줄박이 쇳소리를 빌려다가
당신의 손가락에 끼울 쇠 반지 하나
추녀 끝의 기스락물 듣는 소리로

둥굴게 오므려 내야지

곤줄박이는
꽃도 열매도 지운 명자나무를 웃겨 주지
떠도는 꽃인 양
이 가지 저 우듬지 옮겨 붙는
뼈가 드러난 웃음 같은 게 있지

솔방울이 거미줄에 걸리듯

솔방울 하나가 거미줄에 걸리듯
덩치보다 가벼운 행보,
허공에 한 번 맺혀 볼 만한
또 다른 미련이
또한 열매라서

자신을 버리러 가다가
도리어 자신을 얻는
아, 저 호젓한 얽매임

무당거미는 저 솔방울이 또한 큰 난제라서
배고픔 속에 막막한 관망,
저 골칫거리를 땅으로 내리면
거기 솔방울만 한 허방,
구멍 숭숭한 비탄을 이끌고 가는 거지

이 가을에 솔방울만 한 얽매임으로
가을 거미도 솔방울도 입이 없는 식구,

가을이 물려주는 단식의 바람을 쐬다
툭, 하고
솔가리와 갈잎 위로 몸을 던지면
거미와 솔방울이 한통속이다

솔방울이 거미줄에 걸리듯
못 먹을 것들이 던져 주는 한 생각,
이제 생을 갈아타야 할 우주의 가을,
쓸쓸하니 달달한 생각의 침 고여 오듯

나의 자전거

폭염의 나날
아파트 자전거 보관소가 꽉 차서
푸른 감나무에다 자전거를 묶어 두면
감나무 그늘이 안장에 내려와
엉덩이를 들썩이며 바람을 타네

서울서 술 마시고 온 다음 날
감나무에 매인 애마를 풀어
감나무에게 안녕을 고할 때
감나무에 잠겼던 소낙비의 때늦은 통박을
때늦은 환호성처럼 페달을 밟게 되네

아, 나는 사계절 오픈카를 탔네
네발 차들이 못 가는 실골목까지 파고들듯
결혼식장과 장례식장을 들러 기사식당을 지나
보리밭과 수수밭길,
까치 떼가 까마귀를 모는 솔밭 하늘가에
이 오픈카를 세우고

허리를 펴고 고개를 길게 뽑고
슬픔은 장려한 낙일(落日)의 기린처럼
나는 오픈카에 기대어 섰네

아침엔 무서리 길을 가고 오후엔
천직처럼 함박눈을 맞아야지 나는 나아가야지
세상은 오픈! 오픈! 오픈!
내가 젓는 두 바퀴가 병따개처럼
변두리를 풋사랑처럼 열어 나가는
아 나는 하늘에 갈 때도
이 두 발 오픈카를 내 몸의 연장(延長)으로 부려야겠네

족제비를 따라서

날랜 족제비,
족제비에 비하면
나는 어수룩한 바위

그런 진짜 바위에 비하면
나는 너구리라 할 만한가

숲에 농담을 보태듯
숲에 족제비를 보낸 뒤
나는
적막의 등짝을 지녔다

사랑을 쫓으려니
바위 같은 걸음이여

족제비 그림자를 끌었던 숲길이나
다시 밟을 수밖에

숨,

야외 조각공원의 한 아이가
검푸른 청동 인어의 목을 조르는 시늉을 하자
괜히 내 숨이 다 막혀 온다 그러지 마라 아이야
나도 너처럼 물 받은 대야 속에 얼굴을 박고
내기를 했었다 세상에 숨을 오래 참는 내기였지
더 어릴 땐 양어장에 빠져 물숨을 먹다 나왔다
어른들은 숨을 참는다고 호통을 쳤다
나는 숨길을 트려고 일곱 번이나 축농증 수술을 했다
여러 번 메스를 댔지만 입술만 비뚤어졌다
재발이 잘 되는 내 코는
세상의 고른 숨소리를 듣는 귀였다
숨소리가 고른 사람들을 보면 눈이 맑고 그윽하다
가슴에 불을 당긴 사람은 숨소리가 풀무 같다
대개 그런 숨소리는 다른 숨소리를 몰아내려 씩씩댄다
숨소리가 우렁찬 어릴 적 증기 기관차를 추억은 퇴역시
키지 못했다
나는 거지한테서도 떡을 얻어먹은 유심한 숨이었지,
추억을 떠올릴 때면 울컥 뜨거워지는 숨을

숨만 붙어 있어도 좋을 사람들을
꿈속에서 이별처럼 만나는 새벽, 숨을 나눠 피울 수 없나
어둠의 숨 냄새가 먼동으로 조금씩 트이듯
한숨 고요의 손길로 더듬어 주고 싶은 얼굴,
이끼의 고요한 숨 냄새를 맡으려고 숲 그늘에 엎드린다
어느 무덤 푸른 그 앞에서의 절이란
땅보탬한 이에게 이쪽의 숨결을 알리는 것.
한 번도 아닌 두 번의 절이 깨우는 망각들.
바위의 숨, 칸나의 숨결, 당신의 숨 냄새가 좋아
모래땅에 던져진 붕어의 헐떡이는 아가미 숨과
사창가 담벼락의 개오동 잎에 듣는 소낙비 숨결들,
오르가슴과 절명을 오가는 쇳내의 숨소리들.
가끔씩 코에 숨길이 트일 때가 있다
별들의 숨소리가 내 겨드랑이를 들락거릴 때
꿈속의 어머니가 내게 피와 살을 보탤 때
임종을 앞두고 번져 오던 당신의 미소가
이끼 푸르게 나를 숨탄것으로 만든다

솔밭에서

석양빛이 끼치는데
솔밭에 드는 것은
고고학(考古學)

한 소나무에 어깨를 기대는데
한 소나무가 정말 어깨를 내어 줄 때

숭늉빛 밝게 어두워지는 서쪽
이끼를 내려다보는 나와
맨발로 이끼 밟고 서 있는 나는 고증학,
그런 이끼 밟고 선 나를
당신에게
언제 들킬까 손꼽는 건
숲의 통계학

지금은
흰 새똥 하나에도 고고학이 눈뜰 때
아 이 쓸쓸한 밝음은

살고 싶은 생색(生色)일 때

솔밭에 바람이 부는 건
옛일이 오늘로 살아오는 것
한 명 두 명 한 그루 두 그루 다섯 그루
서로 청처짐한 간격으로
사랑이 푸른 가지를 늘이는 것

가만히 엎드려
이끼에 숨 한 줌 얻어 듣고
옛일이 가만 오늘에
이끼 발을 내는 것
또한 고고학

산

빌딩과 빌딩 사이
어깨가 구부정한 목련나무야
산으로 가자 숲에 든 정자(亭子)처럼
너 산목련 해라

폐쇄된 유원지 호숫가에
다섯 척 오리 배 닻줄의 말뚝이 된 벚나무야
산에 가자 산그늘 환히 밝히는
너 산벚꽃 해라

재건축 아파트 뒤곁
정화조 옆에 허리가 굽은 뽕나무야
산 찾아가자 산길에 빗소리 잎잎마다 후둑이며 듣는
너 산뽕나무 해라

노인들 지팡이 가래침 소리 잦은
경로당 앞 수국(水菊)아
산 가차이 해찰 떨다 계곡물 소리에 함박웃음 번지는

너 산수국 해라

여기 아니면 즐거운 가파름,
가슴에 녹슨 못 절로 뽑히는
거기 가난이 예보다 소슬한 산으로 가자
이마에 산바람 들이고 영원 가까이
오래 산붙이가 되자

숲의 후예 1

마누라한테 모욕당하고
숲으로 가는 사내는
신선의 후예다

미루나무에 쏟아붓는 햇살의 잎들을
바람 타는 지폐로 보는 사람은
아무래도 신선의 아류다

사춘기의 딸들에게
아빠는 뭐하는 사람이야
노골적인 눈빛이 들리는 사내는
숲으로 가는 신선의 간담(肝膽)이다

연리지(連理枝)라도 할까
너도밤나무에 한참 기대고 섰는 사내는
신선의 스킨십이다

좁은 집구석에 나무 하나 데려가자

마누라와 자식이 나비눈을 뜨더라도
그 나무에 빨래라도 걸면서
가끔 나무에 스며들어 열 가지 스무 가지
십자가로 못 박히는 사내의 울음소리,
아니 한밤의 웃음소리에
봉황의 눈꼬리가 박힌다

숲의 후예 2

무덤을 둬서 그런다
햇빛이 면사포처럼 주렴을 반쯤만 쓰고 내려서 그런다

들개는 송곳니를 감추며
무덤가에 잠을 부리고
산새들은 목청이 바뀌어 여러 새로 번지는

네 발 짐승과 두 발 짐승이 만나는 곳,
나도 모르는 나의 애인들,
애인의 주검을 깊고 그윽하게 포옹하는
아가위나무의 뿌리

편애하여 마지않는 무덤에
백 년에 한 발짝씩 발걸음을 놓는 돌들,
어깨가 붙는 돌들의 섹스,
무덤을 가만히 감싸는 산담처럼
돌의 전생에 밑줄을 치는 이끼들

편애하여 마지않는 저 숲에
무덤을 둬서 그런다
무덤을 다 지우고 아가위나무 꽃과 열매로
빨려 드는 나도 모르는 나의 애인,
거기 영원의 결방을 둬서 그런다

원대리 자작나무숲

전생 같다

한 사람은 지끈지끈한 머리로 순백의 서정시를 구하러 간다

한 사람은 광장의 사람만 다루다 나무 사진을 찍으러 가고

한 사람은 잘 잊히지 않는 이별을 마저 작별하러 간다

그래도 사람일 때가 그래도 사람일 때가 안 좋나

누군가, 한 사람 유골을 몰래 뿌리러 갈 때도 간다

저들도 흰옷 입고 나와서 마중하는 건지 배웅하는 건지

한 세상 모를 일들이 바람처럼 서성이는 밤에

나보다 먼저 그곳에 다녀온 얘기들, 그 사랑의 총림(叢林)들

내려보는 별들이 별들의 눈꼬리가 차고 뜨거워지는 거기

오늘에 다니러 온 전생 같다

유탄(柳炭)

치렁치렁한 길가의 버드나무
오가는 사람들 건드리고
꺾기 좋아서

논다니 갈보 계명워리
뜬계집 돌계집 군계집 허튼계집 달첩 되모시 들병이 통지기
같다는 비유를
숨 막히게 태워서
얻은
흑인 자지 같은
버들 숯으로
등글개첩마냥
내 등짝에 그려 준 당신 얼굴을
거울에 되비쳐 보는 가을 들녘
소름이 돋은 내 등짝을 알아보는 들판의 거울 조각

새까만 자지 같은

버들 숲으로
당신인가 하고
왜가리가 앉았던 모래톱에
여전히 당신인가 하고
그려 보는 얼굴은 차마 못 그리고
그 손가락을 그리다 육손이가 된 손
차마 지우지 못하고

잔나비걸상버섯

원숭이는 없지만
원숭이가 앉아서 놀았다는
잔나비걸상버섯이 핀 버드나무가 저만치 있다

나는 이만치
작은 계곡의 적막을 두고
막 사라진 원숭이 날랜 그늘을 무릎에 앉혀 두고

귀때기가 시린 영원 앞에
그대가 앉을 걸상을 생각한다
허공을 한 상 크게 받더라도
잔나비걸상버섯만 한 앉을깨는 남겨 두는 것

나의 두 발이 문득 멈추는 날이 오리라
나도 그런 날의 매화나무 등걸에
그대의 눈물 바람을 앉힐 자리,
그 자리는
내 몸을 썩혀서 내미는 자리,

나는 썩어서 뿌듯하니 그대는
생생한 슬픔을 들썩이며
습습한 햇빛을 마저 앉히리라

가마우지

한강 하류
상판 없는 교각에 앉은 가마우지들,
팔백 년 전 당신의 마을 강나루에도
물초가 된 댁들이 있었지

목줄을 당기고 목을 움켜쥐면
버드나무 그늘에 토해 내던 비린내들,
다시 번들거리는 비늘들
비칠거리며 네 눈에 고이던 눈물들,
하나 목청을 가다듬고
명랑하게 다시 뱃전에 오르는 가마우지들,

그대 눈가에 멍이 돋은 날
흰 연꽃으로 가려 주고 싶었지
분홍 연꽃을 꺾어 문질러 주고 싶었지
아예 연잎 모자를 씌워 줄 수도 있었지

근동에 사는 그대가

눈가에 검푸른 멍 자국을 달고
혼자 상욕을 하며 내 연꽃을 뿌리쳤던 걸
가마우지는 울컥,
팔백 년 전 그 눈빛 그대로
풀밭에 토해 낼 것 같았지

그때 뱃전에서 깔리던 가마우지 소리는
깔깔거리던 울음소리
흐느끼던 웃음소리

단풍 절구

붉은 거 노란 거 갈색인 거 누리끼리한 거
그 모두를 비켜난 빛깔마저도

빈 절구에 모여
엉덩이를 짓뭉개며
서로 빻아 보자니

절굿공이는 달빛이라
바스락대는 소리

귀때기가 빨개진 바람이
혹여 들킬까
귀만 빼놓고
달아나는 빈 절구

나는 자꾸 절구를 넘어뜨려
그대가 왔으면 한다
그대가 내 발등의 피를 봤으면 한다

밤이슬이 내려오는 새벽에
잠꼬대를 넣고 오색 어둠마저 빻아 보고자 한다

천하 색시

가끔 큰 섬에 가 살자고 내가 나에게 조를 때
거기는
마누라도 잔소리도 돈타령도
새것처럼 씻기고 닦아
그 섬에 옮아가 살자고 내가 나에게 조를 때

가만 봐라
나에게는 도심의 내 걸음을 이끄는 바람과 호객과 소음들,
은행에는 내 손을 떠난 돈이 넘치고
백화점엔 세 보지 않은 사치가 잘 진열돼 있으니
천하에 무심하게 놔 둔 나의 색시들
저 건물 축대로 쌓인 바위들과
울타리를 뛰쳐나온 덩굴장미의 푸른 가시들
가을 한철 쿠린내로 방자했던 은행나무마저
나의 색시다

한때는 개오동나무 그늘도 수런거리던 내 색시였지

거기 모이는 여우비의 드러난 어깨와 가슴골도 고왔으니
나는 호젓한 육교를 걸으며
육교의 전망을 내 색시로 삼았네
국방색 모래 자루의 침묵도 내 색시의 것이니
눈이 오면 눈을 받는 허공과도 같이
내가 받은 가을날의 맑음과 비참마저
나의 색시로 오거라 너무 높지 않게
내 머리 위를 맴도는 까마귀의 활보가 명랑하다
슬픔에 더해지는 명랑으로
맨드라미와 접시꽃 그림자가 드리웠던 곳마저
여름이 가을에게 갔던 색시였다

이제 소유를 조금씩 덜어 내는 내 맘도 내게
다시 와 색시가 돼 가느니
큰 섬에 가자고 조를 때 이 역마살도 한 보자기
대가리가 나온 보자기 속의 수탉처럼
그 수탉의 벼슬처럼

내 마음에 들어오는 맨드라미 붉은 색시가 돼라
꾸리지 않아도 이미 내 팔짱을 끼고
내 귓불에 더운 숨을 붓고 있는
외간 남녀로서 시(詩)여, 너도
내 가는 곳마다 눈길 자자한 천하 색시로 내 팔짱을 껴라

연리지(連理枝)

당신한테 통박(痛駁) 받고 숲에 갔더니
거기 가지가 붙은 가시나무가 있더라
이걸 지극한 사랑의 상징이라고
팻말은 살뜰히도 설명하는데
내게는 왜, 서로 멱살을 잡고 흔들다 우격다짐과 미움이 투철해
서로 손을 놓지 못하고 굳어 버린
저 핏대만 선 부부들로만 보일까

그러나 다시 본다
싸움의 분노보다 그 부릅뜬 눈 속에서
서로의 전생을 봐 버리곤
다시 슬픔과 연민이 싹튼 사람의 손길로
가슴보다 손이 먼저 가만히 떨려 오는
그 아슬아슬한 절벽이 내민 손길로만 보일까

서로의 절벽이 너무 가까워
그만 그 절벽의 가슴에 손바닥을 대 버려

그 손마저 뗄 수 없어져 버린
그 현애(懸崖)의 관짝 같은 손등 위에
어느 때부턴가 새들이 날아오고
청설모와 다람쥐가 오가는
옴짝달싹할 수 없는 감정을 삭인 다리가
벌써 돼버린 것이 아닌가

숲의 후예 3

–천화(遷化)

스스로 숲으로 걸어 들어가 몸을 맡기고 싶은 마음이
그 스님한테는 마지막 욕망이었다지요

처음엔 적막이 오고 다음엔 새소리가 바람의 뒷목을 칠 때
스님은 스님의 몸을 방문한 암(癌)한테 무얼 해 주어야 하나
잠시 고민을 했다지요

그런데 그리 깊은 숲으로 들어가지 않아도
되었던 것은 쓰러져 죽은 나무들이
숲 언저리에서 너무 편안했기 때문이었을걸요

나무로 치면, 평생을 꾸린 초록의 한 살림을
제 발 뿌리 근처에 내려 두고
제 상한 몸뚱이마저 바람에 뚜욱, 부러뜨리는 쾌감도
어느 날 숲 그늘에 내려놓은 채 흙을 덮어
파문을 일도 없이 고스란히 누우면

그게 완성처럼 벌써 한 자리 옮겨 간 거라지요

이게 다예요, 처럼
나무들은 제 살던 숲이 세속이고 탈속이니
스님은 제 몸에 온 암한테 별것도 없다 가져가라
그대로 한 마음 뚜욱, 분질러 주었겠지요
그예 맘 하나 풀어 주러 왔다
숲에 든 햇빛을 얼굴에 문질러 봤지요

3부

세상의 나무는

원숭이와 숲

원숭이는 없고 원숭이걸상버섯만 있는 숲에
나는 왠지 사방이 궁금한 눈빛을 가지려니
적막한 영혼은 사랑을 내더라도
소스라치듯 숲을 놀래 줬으면 할 때

울음이 꽃피는 원숭이로
슬픔이 화창한 원숭이로
나무를 다락처럼 오르는 원숭이로
나무의 운세를 봐 주는 점쟁이 원숭이로
벌레들의 우화(羽化) 길일을 봐 주는 원숭이로
복채는 산벚나무 버찌로 한 주먹
복채는 산뽕나무 오디로 두 주먹
또 복채는 산밤나무 알밤으로 한입 가득
적막한 숲에
근엄한 숲에
소란과 장난을 섞는 원숭이

어떤 무거운 그늘이 숲을 통치하더라도

유머에 꼬리를 걸 줄 아는 원숭이
나무에서 놀다 떨어지더라도 나무에 침을 뱉지 않는 원숭이
노숙의 그림자를 끌거나
자살목을 고르는 인기척이 오면
그 자살이 풀릴 때까지
백 가지 천 가지 농담을 풀어내는 원숭이
웃겨서 눈물을 쏙 빼는 원숭이
나도 그런 원숭이에 내 생을 조금 덜어 줘 보는 것이다

옹립

베란다 구석에 놓인 항아리를 두세 걸음 옮겨 놓았다

문득 찌르레기 소리를 담을 만큼 빈 항아리를
먼지가 쓰다듬고 있었다
뚜껑이 모자를 씌워 주고 있었다
그 빈 속을 항아리는
결코 주눅든 바 없이 품었다
옹립(擁立)은 바로 이런 것

빈 항아리 속에 문득 머리를 들이밀고 싶었다
옛날 중에 내 눈빛과 말버릇과 몸짓을 아는 시간이
거기 바닥을 일구며 살 것 같았다
빈 것이 참 그득한 것
더러 쓸쓸하니 갸륵하기도 한 것
옹립은 바로 이런 것

더러는 봄이 연두와 초록과 꽃을 얹은 지게꾼으로 와서
이 항아리에 무언가를 부리겠다고 하면

잠시 골똘하게 속을 차리는 항아리,
거기 담기는 것들은
죽어서도 숨을 쉬는 일이 있겠다
한 번 죽고 난 다음에 다시 숙성으로 살아나는 것
현생보다는 내생이 더 듬쑥한 것
옹립은 바로 이런 것

빈 항아리를 잠시 열어서 겨울 우레를 담아 볼까
항아리 앞에 서성이는 것도 자랑인 봄의 사내가 된 나는

파초(芭蕉) 숲으로 가다

1.
파초 숲에 가니
지난밤 비바람에 꺾인 파초 잎이 배를 깔았다

나는 먹물을 대령하고
취수염붓을 바랑에서 꺼냈다

어머니 당신 이름을 써 보니
빗방울이 모여 파초 잎맥을 따라 눈물처럼 구른다
파초에 새로 오신 당신,
오늘 생신이라고 나는 축 자를 밥상처럼 납작하게 쓴다

어머니 앞에서 고민은 장난 같다
초록 옷에 검게 머리를 물들이고 오신 어머니,
그 말씀 그 눈빛이 슬프고 수려하니
이게 살아 있는 신령인가

2.

나보다 앞서간 숨탄것들 이름을 써 보듯
아, 이 붓을 남기려 수염을 보탠 쥐들의 이름도
새앙쥐부터 시궁쥐까지 바람 냄새 가득한 들쥐도 함께
떡잎 같은 쥐의 귀까지 그리듯 써 본다

그대를 떠올릴 때는
그 눈을 바로 그릴 수 없어 눈썹을
버들눈썹의 고요한 그늘을 가만히 흘려 본다
그러면 그대 눈이 고요히 나를 눈부처로 담으리

곁을 따라온 개가 내 파초 잎 낙서를 물끄러미
내려다본다 어령칙한 전생을 떠올리듯 심각하게 또 물끄러미 바라보니
나는 오동잎 지는 소리에 개가 짖는다, 라고 쓰고
개의 왼발을 먹물에 담가 낙관(落款)하니
개는 어리둥절한다

가끔 물초가 된 가마우지 소리를 흘려 쓰면

파초 잎에 물비린내가 번진다

어느 날 산기슭에서 데려온 돌의 이마를 쓰니
파초에 그늘이 드리우는 듯
그러나 먼 우레 소리로 돌의 등짝을 밀어내니 가붓하다
그래도 뭔가 섭섭한가
사랑을 다 짓지 못한 저 섬 같은 돌은
부처님 머리 육계(肉髻) 같아서 이를 어쩐다

3.
다시 물어보고 싶은 사람들
다시 캐 보고 싶은 비밀들
마음은 다 살고도 남고 다 지나오고도 남는 파도 소리 같은 거
파초 잎에 아직 들키지 않은 소낙비 소리가 잔귀 먹어 남은 거
그런 미련 같은 거 가만히 받자 하는 파초 잎
쥐수염붓이 망설이는 것

그건 종지부를 찍을 수 없는 설렘 같은 것

전생으로부터 흘러온 당신이란 끌림 같은 거
포개듯 파초 잎에 쓰고 써 보니 까만 점이 되는 것
그것이 당신 눈동자라는 걸 아는 것

그러나 파초 잎에 듣는 비꽃들
나보다 먼저 물초가 되는 글자들
검은 눈물로 파초 잎을 떠나는 이여
파초 잎은 아마도 샛강에 가려는가
옴두꺼비 두 마리 싣고 신행길 보내 주러 가고 싶은가
여우비보다 먼저 취수염붓을 걷고
나는 파초 우산을 쓰고 강으로 왼 어깨가 젖어 가고 싶은가

고욤나무 아래서

자라목처럼 몸을 웅송그리는 추위인데
햇빛이 가만히 퍼져
자꾸 목을 늘여 빼게 하는 게 있다

찬란을 모르던 시절을 다시 불러오게
죽은 고양이 눈알만 한 망각의 달콤함을 불러오게
나는 혀끝에 감언(甘言)의 침을 고여 오게
이마저도 아니면 나의 추위는
말린 시래기마저 바스러뜨리고 말 것을

고욤은 비켜 간 이름들
죽었는 줄 알았다 살아서 악수 건네는 사람들
괜히 목덜미를 긁적거리다 달큰해진 생각들
부풀린 대목을 이제 깎고 솎아 내자니
영묘한 것은
보석의 입맛까지 졸아든 것

어혈(瘀血) 든 마음이 아직 얼려 있거든

햇빛 속에 까치와 직박구리 소리 속에
모가지를 빼고 가만히 올려다보는 것
까치밥이 아닌 궁리(窮理)의 밥
아마도 저걸 모르고 떫고 씨만 많다 하니
나는 아직도 생각을 더 졸이고 졸이는 중인 것
허공에 올린 생각의 공깃돌이
아직 더 맛을 익히느라 내려오지 않아
뒤미처 재장구치듯 이리 쳐다보게 되는 것이다

소나무 가까운 눈밭에서

오래됐다고 모두 늙지는 않았다
미답(未踏)이 좋으니 미개(未開)도 좋다
소나무가 가까운 눈밭이니
노총각 노처녀 들이 한 번씩 다녀갔다가 제 발자국이 아직 남았나
저녁답에 다시 와서는 서로 재장구치는 자리

거기 개 발자국과 새 발자국과 우둔한 내 발자국도
장문으로 비워 둔 흰 눈밭 귀퉁이에
발도장 낙관(落款)도 도사린다

나는 인정하고 싶은 거다
당신이 아주 멀리 있기에 내게 알려 오는 이 여백이
너무 새하야니 너무 그득한 침묵으로
다정한 슬픔만이 지워 가게 될 거라는 것을
백면(白面)에 뒹구는 햇살들은 아는 거다

보조개가 패듯 석어 가는 눈밭에

수천 갈피의 바람이 슬어 놓은 말들을
나는 아무것도 모른 채 꾹꾹 밟아 가는 거다
백발성성한 그대라면
나의 검은 머리카락이 조금씩 세어서 좇아간다
어느 밤중엔 산자락을 내려온 너구리도 제 발자국에 발을 맞춰 보며
문득 코가 시려 별빛을 킁킁거리는가 보다
나도 이렇게 어질러진 눈의 이부자리에
겨우내 발자국이 뒹구는 것을 삶의 숙박부로 바라는 것이다

세상의 나무는

나무는 사방으로 열린 십자가
새들이 와서 묶이는 것은 숙명
그 가지에 묶인 새들이 흘리는 홑소리도 숙명
사람의 말로 물을 수 없어서
저 혼자 묻고 저 혼자 답하는 숙명

나무는 사방으로 부르는 십자가
눈이 얹혔던 가지에 잎 싹을 부르는 소름
적막 가운데 가장 때깔이 좋은 적막으로 꽃을 빚는 소름
한 번도 사람을 맞은 적 없이 꽃이 가고
그 꽃의 눈빛을 닮은 열매를 부풀려 가는 소름

나무는 사방으로 맞이하는 십자가
안개를 허리에 둘렀다가 푸는 바람에의 마중
산제비나비가 맴돌 때를 기다려 늙으나 젊은 마중
긴 비가 지나간 후 잎마다 가지 팔꿈치마다 영롱한 눈을 매다는 마중
거미가 오면 거미에게 늡늡한 거미줄 터를 여는 마중

나무는 사방으로 내어 주는 십자가
뭘 원하는가 묵묵함으로 내어 주는 선물
눈 짐이 무거운 겨울에겐 팔을 뚝뚝 분질러 던져 주는 천수(千手)의 선물
딱따구리가 오면 몸에 든 벌레를 맞혀 봐
그 허기 앞에 몸을 내 주는 선물
서서 죽는 그날에는
세상의 부검 앞에 다시 가구로 불꽃으로 되살아나는 선물
그러니 나무는 그 나무 그늘로 한 정치가 푸르렀던 선물

산과 나

어제 먹은 술은 망각을 좀 주었지
그건 검은 선물 보따리였어
나는 냉수를 한 컵 받아서는 넓은 유리창 밖의 산을 보네
냉수가 내 안의 계곡을 떠도는 동안
산은
잔설을 조금씩 녹여 먹고 있었네
목마름이 긴 겨울 산을
저녁 빛이 살피다 가면
구름들은
묵념하듯 더 어두워지고 싶어 하네
어느 봄날에
무거운 구름이 되거든
제 옆구리를 제가 찔러
한나절 혼곤한 비를 뿌려 주겠다는 저 구름들,
아직 속이 환한 구름은
설렁, 설렁, 하면서
속 마른 산 위를 쉬 떠나지 못하네

솔숲의 저녁

적막도 흐린 적막
어두워도 다 가릴 수 없는 흐린 적막
이끼 한 줌 호주머니에 넣고
술이 솟는 샘에
엎드린 나의 저녁

모래 한 줌 같다고
모래 한 줌 같다고
그마저도
손가락 사이로 흘러내린다고
천생 이런 모습
살아갈 수 있는가
더 흘러가 보자고

신(神)도 새도 빠져나간 이 흐린 적막
멀리 간 당신이라면
왼뺨을 부비며 멀어져 갔을
아직은 솔밭에 묶인

흐린 나의 발자국,
사랑에 기웃거린
수상한
나의 발자국

아르간 나무와 염소와 모로코

반사막 땅에 겨우 초록을 수성(守城)한 너희 곁에
수 세기의 바닷바람을 눈망울로 맞은 아르간,
찬탈하는 손으로 사랑을 입막음하자
몸에서 옹이와 가시와 연초록의 아르간 열매들

진짜 옹립할 것이 있거든
버려두자는 말이 사막에 염소를 흩어 놓았다
푸른 아르간 처자의 가시 가슴을 헤치며
흰 염소들이 흰 수염을 날리며 오른다

모로코, 아직 내게 결실이 없는 땅
거기 부려 둔 하루 다섯 번의 아잔과 북대서양의
파도 소리에 스며든 입맞춤들, 염소의 혀에 감기는
아르간 푸른 잎새와 가시를 비켜 가는 날랜 혀의 감촉,
아르간 너의 가슴에 분산되는 네 다리의 염소
저 하얀 복장의 뿔이 치받는 것은
다시 대서양의 바람 없는 치유와 사랑의 모래바람

아르간, 아직 내 몸에 가시를 대지 않은 처녀목
능욕은 본능 앞에 아주 사소한 것이니
염소는 굳은 발굽으로 아르간 너의 사지를 벌려
대서양 수평선처럼 평형을 얻었으리
아르간, 아직 내게 도달하지 않은 카사블랑카
모로코의 긴긴 어제를 오늘로 마악 내미는 한 잎
그리고 아르간 그대 열매가
내 굳은 발등에 노크처럼 영원에 영혼에 미소처럼 맺혀
가는

죽순(竹筍)

봄이 고문을 하니
뭔가 불어야겠다
그리운 헛 말이라도 불어야겠다

작두를 타던 무당 발도
대밭에선
발바닥이 궁금하다

대나무와 대나무 사이
이 수려한 그늘의 절간에
곰배팔이 그녀 손이라도
대숲으로 끌어야겠다

뜻 없이 반절인가를 하면
뿌듯한 심복을 내주듯
죽순 하나를 가슴에 안겨 주는 봄

당신을 불러 놓고

하얀 김을 폭폭 하니 삶아서는
숙회로 낸 죽순 한 접시,
죽절문(竹節文) 접시에
대젓가락 한 쌍 기대 놓고

나는 창문을 연다
밤하늘엔 흐린
별빛이 죽순으로 오르는 밤
아마 그런 피치 못할 밤

숲의 인사법

숲의 현관에 들어설 때는
보통은 선글라스를 벗고
장님은
가만히 눈을 뜨고

마스크는 바람에 풀고 이어폰은 귓바퀴에 스며들 것
모자는
까마귀 소리가 앉을 수 있게
정수리를 비워 두고

방금
신선의 아류(亞流)처럼
아류의 신선(神仙)처럼
세상은 헤식은 물건처럼 저만치 둘 것

옛일이 저만치 청설모 눈깔 속에 영롱할 것
늙은 소나무 아직 청춘인 것 모르지 않을 것

물소리를 자리끼처럼 머리맡에 둘 것
솔바람을 허리띠로 두를 것
초록은 눈의 음식이니 물리지 않는 것
바위는 과묵한 친구일 것

훤칠한 바보여꿔처럼
가난이 마음의 기럭지를 가질 것

숲을 나설 때는
허리가 굽은 나무의 그림자를 쓰다듬을 것
동고비나 곤줄박이 새소리는
옆구리에 잘 저며 둘 것

시금치밭

무엇엔가 시달린 것이 이즈음 깨어나서 낮을 새로 쓴다
그것은 영원에 빰이 데인 듯
새파라니
귀때기가 새파라니 얼어 왔어도
이제금 담담한 견딤이구나
어느새 눈밭은
시금치 발을 씻기느라 녹고

조용한 시금치밭
과묵한 시금치밭의 말을 얻어다가
언젠가 돌봐야지 했던 시들,
그 기약 없던 시들에게 조리개 물을 줘야지

시금치밭에
겨울이 제 한숨 크게 꺼뜨리고
봄이
조금씩 보여 가는 그 종아리의 소름들,
우둘투둘한 소름의 즐거움들,

낙엽과 휴지들이 쓸려 덮이고
고양이 오줌과 취객의 토사물을 받자 하니
더러움이 깨워 주는 맑은 후속 편들

이런 소풍이면
그대가 능청스레 팔짱 끼며 와서
뭘 이런 걸 다 보느냐 욕을 해도
가만히 견디는 게 좋아지는 시금치밭
처음 본 사람에게 오래된 기분이 좋아지는 초록의 시금치밭

대나무 도시락

나의 소유욕은
대나무 도시락 하나 가져 보는 것

죽통엔 물도 담고
가끔 당신 몰래 술을 담는데
청탁(淸濁)은 날씨의 처분인 것
주머니 사정 따라 출렁거리는
술 소리는 덤이다

대를 켜서 엮은 도시락엔
가끔 화선지를 깔고
주먹밥을 손자국이 남게 다져 놓고
가끔은
옛날 통닭을 튀겨 담으면
글줄이 모이는 내 직장이
숲으로 간다
그러나 기름진 그 만찬도
정다운 배고픔으로 하산하리라

밥풀이 남은 나의 대그릇엔
한낮의 꿩 소리도 우연처럼 담기는 것,
어느 때 빈 도시락에
소나무 그늘이나 이끼의 숨 냄새
당신 눈빛의 그늘 같은 게 남을 때,
대젓가락이 부부처럼 누워 있는 걸
가만히 흔들어 보는 것이다

모과

하나는 덤불 가득한 풀섶에서 주웠고

하나는 아파트 화단의 나무를 흔들어 떨어진 걸 주웠다

모두 주웠다 어느 날의 세상이 내 울음을 줍듯이

당신을 주워 든 세상의 손은 사라지려는데

출생이 다른 모과 두 개,

울퉁불퉁한 향기의 고집을 기대 놓으니,

그 울퉁불퉁한 어깨를 마저 기대는 고요!

숭굴숭굴하구나 숭굴숭굴하구나

칼날과 칼날이 맞서도

이빨이 빠져 웃는 칼

노랗게 익은 몸속의 칼을 이리 빼고 저리 빼느라

울퉁불퉁한 모과 두 개가

낮 별까지 가 볼까 제 향에 불을 지르고 있구나

곡신(谷神)
-가마솥

땅이라곤 베란다 밖 허공 마당이 전부인데
산수유 노랗게 망울을 터뜨리면
어디 세워 둔 리어카를 내리거나
퇴마(頹馬)의 수레를 대신 끌고 가
무쇠 가마솥을 사 오고 싶네

그런 날은
좁은 골목길을 활짝 열어
버력으로 쌓은 아궁이에 솥을 안치리라
닭 가슴을 열어 찹쌀 한 줌 수삼 몇 뿌리 넣어 삶으리라

천년 노숙(路宿)의 그대가 먼저 오고
언청이 곰배팔이 안짱다리 계명워리 육손이 말더듬이가
묵은지 같은 미소를 입꼬리에 걸고 모이리라
나는 다리 하나씩을 입에 물려
살을 뜯어 마음을 배 불리리라

다리들 하나씩 뜯다 보면

가야금은 못 뜯어도 얼굴에 걸린
근심을 뜯어 웃음을 번져 낼 수 있으리라
가마솥은 반나절 만에 동이 나고
가마솥 국물에 뜬 기름만 굳어질 때
떠돌던 내 맘도 사랑의 굳기름 하날 얻으리라

가마솥은 식어 쇳덩이로 돌아가려는데
솥에는 기름 막이 하얗게 빙판을 두르는데
빈 가슴에는 가마솥 자리를 둬야 쓰겠다
빈 솥이 저리 큰 어머니인 줄 모르겠다

그늘 백숙

매미 소리가 쏟아져 나온다
새벽인데 죽도록 암컷을 부른다

새벽 그늘에선 뭔가를 서늘하게 쪄내고 있다
매미 소리가 시끌시끌하게 쪄낸 그늘에
노인과 옛일이 서로 조근대고 부채가
우주 저편 저 누군가를 이웃처럼 부른다

등나무 아래, 그 그늘의 내장이나 된 듯
우리는 서늘히 숨 쉰다 지구가
태양을 폭음하는 여름날 빌딩과 나무의
그림자는 그늘의 솥으로 옹립된다

소나무 그늘 솥에 들면
나 같은 잡인(雜人)도 선풍(仙風)을 쪄낸다
빌딩 그늘에 들면
있을까 싶은 나의 외계(外界)를 불러낸다

그림자가 묵묵한 숨결을 사는 그늘이라서
가끔은 고요를 열어 한 소리를 건져 낸다
그늘이라서
나는 그대의 그늘이라서 천년
잘못을 알고 모르는 그늘이라서

그대 그늘에 쪄낸 나는
천년 가는 내 마음을 그대 그늘에서
쪄내느라 나는 그대 그늘에 머무는
풋것의 백숙(白熟)이라서

거미와 자전거

작은 거미줄이 붙은 자전거를 끌고
나는 들판으로 나갈 때 있으니
자전거 바퀴에 들풀이 갈려도
어린 거미는 신나게 바퀴의 무동만 탔다

눈에 겨우 드는 거미 새끼를
밀애하듯 눈 가늘게 뜨고 보면,
들판 가득 수런거리던 바람의 말들이
가슴에 한 수레,
금은(金銀)의 언약을 모래알로 슬어 내던
이별의 말이 한 수레,

순간 자전거 안장에 오른 풀무치마냥
내 저문 가슴에 사랑이 덥석 올라타
어서 앞장서라고 그대
눈을 찡그리며 내 등을 밀었으면

들판은 바람이 쉬 꺼지지 않고

어린 거미를 풀섶에 내려 주고 오면은

어린것은

여러 날 허방에 발을 빠뜨리며

바람 가득 연애의 그물을 새로 짜야 하리

외도

상(賞)이 하나 찾아왔다
근 이십 년만이라 스스로에게 일러 주며 감개무량하고
사월의 벚나무들이 연등을 매달고 돈 쓸 궁리도 흔들렸다

외도(外道)가 자심한 지구촌에
이 상금을 털어
눈먼 아이들과 과부가 된 사막의 차도로 여인들과 나눌까
나라를 버리고 다른 나라에 흘러든 사람들,
세계를 관광하려는데 전쟁이 먼저 온 인류를 위해
난민을 구제하는 무슨 기금의 귀퉁이에 넣어 볼까
경제를 아는 아내 몰래 머리가 커져 가는 딸들 몰래
이 상금을 소비가 아닌 연민에 쾌척해 볼까
영영 내 쓸모를 되찾아 가는 쾌감을
화장실에서 똥을 누며 누려 보고 면도를 하다 피를 보지만
하늘에 계신 분도 모르게

슬쩍 가슴에 뒷주머니에 오줌보 옆에 몰래 꿰차고 다니는 사월,
내게도 술 취한 천사가 잠시
길을 잘못 들었는가
이런 어설픈 인류애가 다 다녀가다니

그런 외도를 대접할 겨를도 없이
어느 날 아내의 손이
내 외도를 무상(無償)으로 가져갔으니

파초도(芭蕉圖)

그녀는
초가을부터 무너지는 몸일 텐데
그런 즐거운 나락이 내게 안겨 오는 몸짓인 양
언제든 두 팔을 열어 둘 참이었다

눈발을 맞으면
서늘했던 너른 잎이 사자갈기처럼 휘날리며
나를 반길 것이라 여겨도
지금은 곰보 자국을 들여다보듯 우두망찰의 시간
간절함이 눈에 들 때까지
마른침을 삼키는 시간

훤칠한 초록의 애인
겨울 등지고 뒤란 뒷문을 허리 꺾어 나갈 때의
그 서늘한 손목을 잡아당기니
남들은 다 설원에 꽁꽁 묶였어도
내 애인은 뒷문 밖 오 리(五里)에 남국(南國)이 숨었다
하네

겨울에 내 얼굴이 새파라니 얼어도
자네 파초에겐
시르죽지 않은 연애의 동조(同調),
우리 서로 팔 허리 두르고
어느 바람에 뿌리 끊고 달려갈 곳 숨겼다 하네

석인(石人)

베란다 밖 저 아래에 작은 바위가 있네
작업복 차림의 여름 사내가
급히 핸드폰을 받다 밀짚모자를 바위에 내려놓고 가네
어쩐 일인가
바위는 그때부터 나를 부르는 듯해
그가 여승(女僧)인가 싶다가도
몇 달 전 사별한 홀몸의 가을인가도 싶네
오래도록 뿌리 깊었으나
이제 그 뿌리에서 시린 강물 소리도 들리네
같이 가자구요 우리
먹먹한 가슴으로 일단 십 리(十里)만 뜨자 하네
아니 오 리(五里)쯤 가 버드나무 그늘 밑에
서로의 낯에 돋은 쓸쓸한 별을 더듬자네
세상은 다 집을 얻어 사랑을 들어앉히는데
밀짚모자를 눌러쓴 바위는
들판에 쓰러진 나무의 손을 잡아 일으키고
어느 거룻배에 올라 손으로 강물 저어 가자 하네
사랑이 어디까지냐구요 어디까지인지

그걸 다 말하는 건 무엇이나 오류라네
한끝 간곡히 바위에게 묻으니,
죽음은 앞서 끝났고 사랑은 늦깎이라 이제 시작이라네

| 해설 |

기억의 염전(鹽田)과 재생의 숲

이정현(문학평론가)

"한끝 간곡히 바위에게 묻으니,
죽음은 앞서 끝났고 사랑은 늦깎이라 이제 시작이라네"
–「석인(石人)」

유종인의 새로운 시집『숲시집』에 수록된 시들을 읽으면 현실의 속도와 소음에 지친 한 사내의 내면, 그리고 그가 응시하는 숲의 풍경을 마주하게 된다. 지친 사내는 숲으로 들어간다. 그곳에서 그는 봄볕을 만끽하고 꾀꼬리 소리를 듣는다. 이끼가 돋은 징검돌을 머리에 괴고 "낮잠을 다독이는 석침"(「창경鶬鶊」)으로 삼는다. 삶의 본래적 리듬을 억압하지 않는 자연 속에서 사내는 뿌리의 이야기를 듣고 이끼를 살피고 춘란(春蘭)을 즐긴다. 더없이 평온한 풍경이다. 그러나 풍경의 이면은 그렇지 않다. 누군가 간절하게 평온을 희구한다면 그것은 감당할 수 없었던 방황의 반사 작용인 경우가 많다. 그래서 시인의 페르소나인 사내가 만끽하는 춘란은 마음의 작란(作亂)과 동일한 의미로 읽힌다.

> 나무들이 죽어서도 서 있는 것은
> 죽는 순간부터 불망비(不忘碑)로 살아야 한다는 생각,
> 꽃이 쉬느라 꽃은
> 겨울의 전설 속에서 뿌리 없이 피어났다는 생각
> 끝에 어디선가 고드름이 땅에 이마받이하는 소리가
> 와장창 꽃을 부르는 소리라는 생각도
> 석어야 뿌리에 스밀 수 있으리라
> 그러니 내 생각은 당신의 전조(前兆)로 무성해지고
> 죽어서도 생각이 조금 남은 사람들의 생각을
> 나는 혼잣말로 우물거려 보았다 묘비가 없는
> 저것이 무덤이기는 한 걸까 의심스러운 한 무덤을 스칠 때
> 삶은 단 한 번 저렇게 봉긋 맺혔다 가라앉는구나
> 땅속으로 잠수를 탄 그대여
> 그대가 가지고 놀던 어떤 신명이
> 무덤 밖 숲에 몇 개의 꽃으로 흩어 피었나
> 까치는 수다스럽게 까마귀는 음험하게 농담을 편다
>
> —「숲과 신명」 부분

사내는 "죽어서도 서 있는 나무"를 "불망비(不忘碑)"라고

말한다. 죽은 둥치 아래에는 뿌리가 숨어 있고 겨우내 다른 생명이 움틀 것이다. 죽은 나무는 다른 생명의 안식처가 되고 나무 그늘 아래에는 이끼가 서식한다. 이끼는 흙의 습기를 보존하여 생명의 온기를 유지한다. 이러한 자연의 놀라운 섭리를 찬양하면서도 사내는 "사소한 것들의 이름"으로 가득한 숲에서 당신이라는 '전조'를 느낀다. "말해 보라, 사랑의 작명가여/수많은 가시나무에 휩싸여 찔리고도 비명조차 없는 허공이여/내 몸 밖을 나온 핏방울 하나가 빗방울 하나를 만날 때/구름은 하늘에서 어떤 미소를 짓는가를" 차오르는 이 목소리는 아마도 대상에게 온전히 가닿지 못하고 사내의 내면에만 머물 것이다. 핏방울과 빗방울이 만난다는 진술은 숲에 귀의한 사내의 내면을 압축한 것이리라. 숲의 사소한 것들을 응시하면서 사내는 잊지 못한, 잊을 수 없는, 잊은 줄 알았지만 때때로 엄습하는 기억들과 조우한다. 그러면서 드러나는 풍경의 이면은 사내의 내면과 일치한다. 대나무를 보면서 어린 시절과 돌아가신 어머니를 떠올리고(「죽은 대나무의 말」), 돌덩이에게 말을 건네면서(「괴석怪石과 춘란春蘭과 나」) 우직한 사랑을 떠올리기도 한다. 이런 반복을 거치면서 숲은 안식의 공간이 아니라 기억을 되새기는 공간으로 탈바꿈된다. 사내는 자신을 숨겨 둔 열매를 잊은 다람쥐나 청설모에 비유하면서 너스레를 떤다.

다람쥐나 청설모가

입안 가득한 상수리 열매를 어쩌지 못해
도린곁 어웅한 데다
그걸 파묻어 버리곤 더러 잊는다고 한다
나 같으면 나무 십자가라도 세워 놓았을 그곳을
까맣게 잊어버린 탓에
먼 훗날 푸른 어깨를 겯고 숲이 나온다 한다

기억보다 먼저
망각이 품고 나온 숲,
그 망각 때문에 울울창창해진 숲
용서보다 웅숭깊은 망각,
어딘가 잊어 둔 파란 눈의 감정도
여러 대륙에 걸쳐 사는 당신도
어쩌면 망각을 옹립한 탓에

—「숲의 기적」 전문

작은 짐승들이 유기한 열매들이 성장하여 숲이 되었다는 언급은 소박한 우화에 머물지 않는다. 그것은 감당하지 못할 기억들을 망각하면서 삶을 유지하는 인간에 대한 적실한 은유인 까닭이다. 세상에 같은 사람이 없다는 사실은 놀라우면서도 섬뜩한 일이다. 그토록 같지 않은 사람들이 제각기 쉽게 타인을 판단하고, 훨씬 더 쉽게 자신을 합리화한다. 타인에 대한 착각과 환상은 어지럽게 교차하면서 상처는 필연적인 것이 된다. 숲에 귀의한 사내도 한때 누군가를 사랑했을 것이고 착란의 흥분이 진부한 일상으로 탈색되는 과정을 아프게 겪어 냈을 것이다. 타인과 감당하지 못할 상처를 서로 주고받았을 것이다. 더러는 누군가를 잃고 아파했으리라. 또한 삶과 죽음의 경계를 인식하면서 생의 덧없음이 뼈아팠을 것이다. 기억의 생생함이란 그것을 향한 욕망의 생생함이기에 상처의 강도와 비례한다. 그러므로 상처받은 기억을 생생하게 유지하는 것은 정말이지 곤혹스러운 일이다. 이 피할 수 없는 곤혹을 외면하기 위하여 사내는 망각을 꿈꾸면서 숲으로 향하지만 숲은 도피의 공간이 아니라 오히려 기억의 재생을 재촉한다. "쓸쓸하니 달달한 생각의 침"(「솔방울이 거미줄에 걸리듯」)이 고이고 "숨만 붙어 있어도 좋을 사람들을/꿈속에서 이별처럼 만나는 새벽"(「숨,」)이 이어진다. 춘란의 만끽은 찰나에 불과하다. 사내의 '숨 막혔던' 기억들은 사소한 풍경을 마주하면서도 생생하게 되살아난다.

> 야외 조각공원의 한 아이가
> 검푸른 청동 인어의 목을 조르는 시늉을 하자
> 괜히 내 숨이 다 막혀 온다 그러지 마라 아이야
> 나도 너처럼 물 받은 대야 속에 얼굴을 박고
> 내기를 했었다 세상에 숨을 오래 참는 내기였지
> 더 어릴 땐 양어장에 빠져 물숨을 먹다 나왔다

어른들은 숨을 참는다고 호통을 쳤다
나는 숨길을 트려고 일곱 번이나 축농증 수술을 했다
여러 번 메스를 댔지만 입술만 비뚤어졌다
재발이 잘 되는 내 코는
세상의 고른 숨소리를 듣는 귀였다
숨소리가 고른 사람들을 보면 눈이 맑고 그윽하다
가슴에 불을 당긴 사람은 숨소리가 풀무 같다
대개 그런 숨소리는 다른 숨소리를 몰아내려 씩씩댄다
숨소리가 우렁찬 어릴 적 증기 기관차를 추억은 퇴역시키지 못했다
나는 거지한테서도 떡을 얻어먹은 유심한 숨이었지,
추억을 떠올릴 때면 울컥 뜨거워지는 숨을
숨만 붙어 있어도 좋을 사람들을
꿈속에서 이별처럼 만나는 새벽, 숨을 나눠 피울 수 없나
어둠의 숨 냄새가 먼동으로 조금씩 트이듯
한숨 고요의 손길로 더듬어 주고 싶은 얼굴,
이끼의 고요한 숨 냄새를 맡으려고 숲 그늘에 엎드린다
어느 무덤 푸른 그 앞에서의 절이란
땅보탬한 이에게 이쪽의 숨결을 알리는 것.
한 번도 아닌 두 번의 절이 깨우는 망각들.
바위의 숨, 칸나의 숨결, 당신의 숨 냄새가 좋아
모래땅에 던져진 붕어의 헐떡이는 아가미 숨과
사창가 담벼락의 개오동 잎에 듣는 소낙비 숨결들,

오르가슴과 절명을 오가는 쇳내의 숨소리들.
가끔씩 코에 숨길이 트일 때가 있다
별들의 숨소리가 내 겨드랑이를 들락거릴 때
꿈속의 어머니가 내게 피와 살을 보탤 때
임종을 앞두고 번져 오던 당신의 미소가
이끼 푸르게 나를 숨탄것으로 만든다

―「숨」 전문

사내의 내면은 폐전(廢田)된 염전(鹽田)과도 같다. 햇볕과 물과 바람이 불규칙하게 시간을 통과하면서 소금이 드러나지만 비바람과 눈은 이내 소금을 녹인다. 소금을 생산하지 않아도 폐전의 물은 여전히 소금을 머금고 있다. 수분이 증발하면 이내 소금은 허연 육신을 드러낸다. 사내는 숲의 나무와 뿌리와 이끼를 보면서 기억을 되새긴다. 나무와 이끼와 뿌리는 염전의 햇볕과 바람과 비슷하다. 숲에서 보내는 시간은 "흰 새똥 하나에도 고고학이 눈뜰 때"(「솔밭에서」)다. 고고학의 세계(기억)를 헤매면서 사내는 "마음은 다 살고도 남고 다 지나오고도 남는 파도 소리"(「파초芭蕉 숲으로 가다」)와 같다고 얘기한다. 사내는 상실했지만 끝내 애도하지 못한 것을 떠올린다. 그것은 "당신"이라는 이인칭 대명사로 지칭된다. 사내의 내면에는 아마도 이러한 독백이 가득할 것이다. '나'는 '당신'을 잃었다. 그러므로 이제 '나'는 '당신'을 잊어야만 한다. 오랜 시간 '나'는 망각을 연기했지만 시간이 흐른 뒤에 깨달은 것은 '당신'이 아직 도처에 존재한다는 사실이다. '당신'은 수분이 증발하면 어김없이 드러나는 소금처럼 떠오르고 여전히 '나'는 '당신'을 앓는다.

다시 물어보고 싶은 사람들
다시 캐 보고 싶은 비밀들
마음은 다 살고도 남고 다 지나오고도 남는 파도 소리 같은 거
파초 잎에 아직 들키지 않은 소낙비 소리가 잔귀 먹어 남은 거
그런 미련 같은 거 가만히 받자 하는 파초 잎
쥐수염붓이 망설이는 것
그건 종지부를 찍을 수 없는 설렘 같은 것

전생으로부터 흘러온 당신이란 끌림 같은 거
포개듯 파초 잎에 쓰고 써 보니 까만 점이 되는 것
그것이 당신 눈동자라는 걸 아는 것

—「파초(芭蕉) 숲으로 가다」 부분

'당신'을 그리워하는 내면의 언어는 『숲시집』 곳곳에 흩어져 있다. '나'는 당신의 얼굴을 그리려다가 "얼굴은 차마 못 그리고/그 손가락을 그리다 육손이가 된 손"(「유탄柳炭」)을 얘기하고 버드나무를 보며 "그대가 앉을 걸상을 생각"(「잔나

비결상버섯」)하면서 "사랑에 기웃거린/수상한/나의 발자국"(「솔숲의 저녁」)을 돌아본다. 그러면서 숲에 존재하는 모든 것들은 기억을 자극하는 매개체가 된다. 숲은 망각과 휴식의 공간이 아니라 집요한 기억-재생의 공간으로 뒤바뀐다. 시집에 수록된 시들이 한적한 삶을 목가적으로 묘사하다가 점차 내면의 앙금을 응시하는 방향으로 나아가는 이유이기도 하다. 과거의 기억은 여전히 사내를 지배하지만 그렇다고 그것이 '상처'나 '고통'으로 명확하게 지칭되지도 않는다. 첫 시집 『아껴 먹는 슬픔』에 수록된 시의 한 구절을 상기하면 이 차이는 더욱 뚜렷해진다. 시인은 이렇게 적는다. "증세를 다 호명할 수 없어 그냥 놔 둔 歸天 병원!/따뜻한 간호사가 필요하다, 아직/꽃나무들, 먼 새들과 함께 어떤 증세로든 살아 있어/무릇 야릇한 소음과 정적으로 희망적이다."(「정신 병원으로부터 온 편지」) 시인이 세계를 탈출할 수 없는 병동으로 상정하고 자신의 언어를 병든 자의 '증상'으로 파악한다는 사실을 어렵지 않게 파악할 수 있는 구절이다. 세계-병동, 언어-증상이라는 구도는 흔하다. 문제는 병동의 견고함과 증상의 심도이리라. 세계라는 병동은 슬픔과 고통을 인식할수록 더욱 견고해진다. 탈출하고자 하는 갇힌 자의 염원은 견고함에 비례하고 증상은 악화된다. 이 악순환을 멈출 수 있는 가장 손쉬운 길은 '죽음'이겠지만, 그것이 끝이라는 사실을 아무도 장담할 수 없고 불안만 증폭된다. 세계라는 병동에서 벗어나려고 했던 자들의 숱한 시도

들은 대개 공회전에 머물고 만다. 그 공회전의 덧없는 반복을 시인은 이렇게 적는다.

전생 같다

한 사람은 지끈지끈한 머리로 순백의 서정시를 구하러 간다

한 사람은 광장의 사람만 다루다 나무 사진을 찍으러 가고

한 사람은 잘 잊히지 않는 이별을 마저 작별하러 간다

그래도 사람일 때가 그래도 사람일 때가 안 좋나

누군가, 한 사람 유골을 몰래 뿌리러 갈 때도 간다

저들도 흰옷 입고 나와서 마중하는 건지 배웅하는 건지

한 세상 모를 일들이 바람처럼 서성이는 밤에

나보다 먼저 그곳에 다녀온 얘기들, 그 사랑의 총림(叢林)들

내려보는 별들이 별들의 눈꼬리가 차고 뜨거워지는 거기

오늘에 다니러 온 전생 같다

—「원대리 자작나무숲」 전문

서정시를 구하러, 나무 사진을 찍으러, 작별의 의식을 위하여 숲으로 간 숱한 사람들은 모두 시인의 다른 모습일 것이다. 그것은 덧없는 공회전으로 구성된 삶에 회의를 느낀 우리의 모습이기도 하다. 사람들은 복잡한 삶을 정리하기 위해 일탈을 기획하지만 곧 벗어나고자 했던 곳으로 귀환하게 된다. 윤회를 믿어 다음 생을 꿈꿔도 그다음의 생 역시 별반 다르지 않을 것이다. 숲에서 읊조리는 시인의 언어들은 이 사실을 이미 알아버린 자의 탄식으로 읽힌다. 그러나 시인의 탄식은 서서히 변주된다. 시 속의 사내는 숲에 존재하는 것들에서 자신이 벗어나고자 했던 것들을 다시 발견한다. 추억은 멀고 미래도 멈춘 사이, 세속의 소식들이 풍문으로 스쳐가는 동안 그는 자신의 기억들과 어렵게 화해한다. 증상을 외면하려는 환자의 욕망이 오히려 병동을 견고하게 만든다는 사실을 힘겹게 알게 된 것이다. "그러나 다시 본다/싸움의 분노보다 그 부릅뜬 눈 속에서/서로의 전생을 봐 버리곤/다시 슬픔과 연민이 싹튼 사람의 손길로/가슴보다 손이 먼저 가만히 떨려 오는"(「연리지連理枝」) 느낌은 이 세계를 벗어나고자 전력으로 몸부림친 이후에야

겪게 되지 않는가. 모든 고통과 상처는 관계에서 비롯되기 때문이다. 사내는 타인이라는 지옥에서 벗어나고자 했지만 자신 역시 타인의 고통이었다는 사실과 누군가의 전생이 자신의 삶일지도 모른다는 사실을 발견한다. 숲에 존재하는 사소한 것들의 이름을 부르면서 그는 다시 '사랑'을 얘기한다.

> 오래도록 뿌리 깊었으나
> 이제 그 뿌리에서 시린 강물 소리도 들리네
> 같이 가자구요 우리
> 먹먹한 가슴으로 일단 십 리(十里)만 뜨자 하네
> 아니 오 리(五里)쯤 가 버드나무 그늘 밑에
> 서로의 낯에 돋은 쓸쓸한 별을 더듬자네
> 세상은 다 집을 얻어 사랑을 들어앉히는데
> 밀짚모자를 눌러쓴 바위는
> 들판에 쓰러진 나무의 손을 잡아 일으키고
> 어느 거룻배에 올라 손으로 강물 저어 가자 하네
> 사랑이 어디까지냐구요 어디까지인지
> 그걸 다 말하는 건 무엇이나 오류라네
> 한끝 간곡히 바위에게 묻으니,
> 죽음은 앞서 끝났고 사랑은 늦깎이라 이제 시작이라네
>
> —「석인(石人)」 부분

"늦깎이"라고 고백하는 이 사랑은 아마도 전보다 깊고 그윽할 것이다. 또한 그것은 견고한 병동을 해체하는 유일한 길일지도 모른다. 시인이 어느 산문에 언급한 문장을 다시 떠올리게 된다. "많은 소금을 품고도 바다는 한 번도 소금의 맛을 탓하지 않는다."(『염전』, 눌와, 2007, 279쪽) 바다는 소금을 품고 있지만 맛을 변하게 하지 않는다. 숲을 헤매는 사내의 번뇌는 기억이라는 염전에서 생성된 소금과 흡사하다. 질척거리는 욕망과 훼손된 관계들로 얼룩진 세계의 창살을 허물 수 있는 가능성도 여기에서 찾을 수 있다. '나'를 괴롭히는 온갖 상념들은 생명이 가득한 숲에 조금씩 녹아들고 스며들고 마침내 '나'는 상념에서 조금씩 자유로워진다. 세계를 부정하는 예민한 자의식에서 출발한 유종인의 시 세계는 시간과 생명을 긍정하는 방향으로 힘겹게 나아가는 중이다. 이 변화의 과정에서 죽은 나무는 "사방으로 열린 십자가"(「세상의 나무는」)로 재생되고 숲의 그늘에 앉은 사내는 이렇게 말한다. "소나무 그늘 솥에 들면/나 같은 잡인(雜人)도 선풍(仙風)을 쪄낸다/빌딩 그늘에 들면/있을까 싶은 나의 외계(外界)를 불러낸다"(「그늘 백숙」). 숲의 생명들은 병들고 지친 사내를 서서히 치유한다. 「숲의 인사법」과 같은 시들은 진부한 자연의 찬가(讚歌)가 아니라 가까스로 발견한 삶의 법칙으로 읽힌다.

옛일이 저만치 청설모 눈깔 속에 영롱할 것

늙은 소나무 아직 청춘인 것 모르지 않을 것

물소리를 자리끼처럼 머리맡에 둘 것
솔바람을 허리띠로 두를 것
초록은 눈의 음식이니 물리지 않는 것
바위는 과묵한 친구일 것

훤칠한 바보여뀌처럼
가난이 마음의 기력지를 가질 것

숲을 나설 때는
허리가 굽은 나무의 그림자를 쓰다듬을 것
둥고비나 곤줄박이 새소리는
옆구리에 잘 저며 둘 것

—「숲의 인사법」 부분

이러한 삶의 법칙을 유지하기 위해서는 끊임없이 비워야 한다. 이것은 망각과는 다른 차원의 얘기다. 누적된 기억을 되새기면서 살아가는 삶이 아니라 새로운 인생을 다시 시작하는 삶인 것이다. 숲은 사내에게 새로운 삶을 열어 주고도 내내 침묵을 지킨다. 장악하고, 파괴하고, 지배하면서 더 많은 것을 지니라는 세계의 정언 명령과는 달리 숲은 자신을 비우면서 다른 생명까지 보듬는다. 죽은 통나무의 재생을 바라보는 사내를 그리면서 시인 역시 자신을 괴롭혔던 기억들과 화해한다. 언제든지 기억은 다시 살아나 상처를 쓰리게 할지도 모른다. 그렇지만 그것은 상처를 자극하는 것이 아니라 음식의 맛을 살리고 생을 유지하게 만드는 염(鹽)일 것이다. 상처는 통증을 주는 균열이지만 자신을 비우고 '나' 밖의 세계와 만나는 통로도 될 수 있는 양가적인 의미를 지닌다. 그러므로 숲을 통과한 이후의 삶은 분명 전과는 다를 것이다. 제 속을 덜어 내어 다시 살아가는 나무처럼 말이다.

웬만한 어른 키만 한 통나무를 길게 파내서
촉촉한 흙을 부리고 꽃모종을 안치니
수더분한 화분이 되었다
그렇게 말없이 제 속을 덜어 낸 것으로
나무는
구유가 되고
장의자가 되고
여물통이 되고

할 말은 다 못 했어도
이렇게 가슴이 비어 가는 건
내 입보다 귀를 안쓰러이
파 놓은 하느님의 슬픈 수작이려니

지금도

지구엔 저렇게 제 속을 파서 덜어 내고

손님이던 사랑을 맞아들이는

쓸쓸하고 다정한 마을이 있겠다

그러니 너른 광야에 갑자기 바위가 솟고

동굴이 깊어지는 건

모두 그런 유구한 몸부림이려니 한다

내내 손님이 주인 노릇을 하면

역사가 이뤄지는 바이다

—「통나무의 역사 – 변신」 전문

시인수첩 시인선 002
숲시집

초판 1쇄 인쇄 2017년 6월 16일
초판 1쇄 발행 2017년 6월 30일

지은이 | 유종인
발행인 | 강봉자 · 김은경

펴낸곳 | (주)문학수첩
주 소 | 경기도 파주시 회동길 192(문발동 513-10) 출판문화단지
전 화 | 031-955-4445(대표번호), 4500(편집부)
팩 스 | 031-955-4455
등 록 | 1991년 11월 27일 제16-482호

홈페이지 | www.moonhak.co.kr
블로그 | blog.naver.com/moonhak91
이메일 | moonhak@moonhak.co.kr

ISBN 978-89-8392-654-8 03810

「이 도서의 국립중앙도서관 출판예정도서목록(CIP)은 서지정보유통지원시스템 홈페이지(http://seoji.nl.go.kr)와 국가자료공동목록시스템(http://www.nl.go.kr/kolisnet)에서 이용하실 수 있습니다.(CIP제어번호: CIP2017013475)」

이 책은 인천광역시, (재)인천문화재단, 한국문화예술위원회 지역협력형사업으로 선정되어 발간하였습니다.